Winter Woods

윈 터 우 즈

2

COSMOS 글 | 반지 그림

CONTENTS

Part 7

/

기억과 기록의 산물

자~, 그럼 이제 그동안 하지 못했던 이야기를 좀 해볼까?

저번에 늑대한테 물린 뒤로 완전 궁금해 미치는 줄 알았어!

녹음기도 켰고~, 받아 적을 준비도 했고~!

이제 얘기해봐!

꿈지락

알겠어요, 제인.

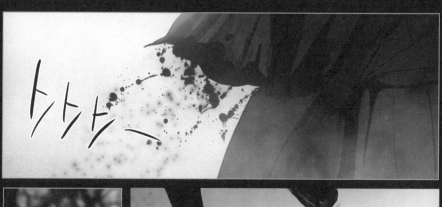

죽다 살았네…. 가끔은 네 썩은 몸뚱이가 유용할 때가 있구나.

늑대들이 또 들이닥치기 전에 빨리 집으로 가자.

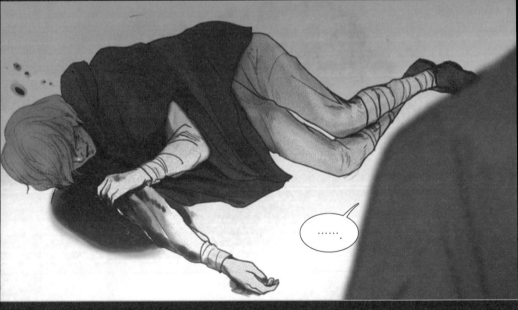

……

뭐 하는
짓이야?!

마을로 내려가
애를 데려다
주겠다는 거야,
뭐야?

이대로 두면
이 어린 사람은
죽는다면서요.

그건
원치 않아요.

싫다는…
소리야?

…….

11

누구세…

어머! 여보!
이리 나와봐요!

얘, 라비
아니에요?!

무슨 일이야?

다쳤나 봐!!

라비!

정신 차려봐!

주인님이
가만있지
않으실 거야.

……

오른팔은
어떻게 된 거지?

저런….

늑대에게 공격을
당했어요.

큰일 날
뻔했구나.

그렇다면—

마을엔 왜 갔었지?

……

작고…

어린 사람이—

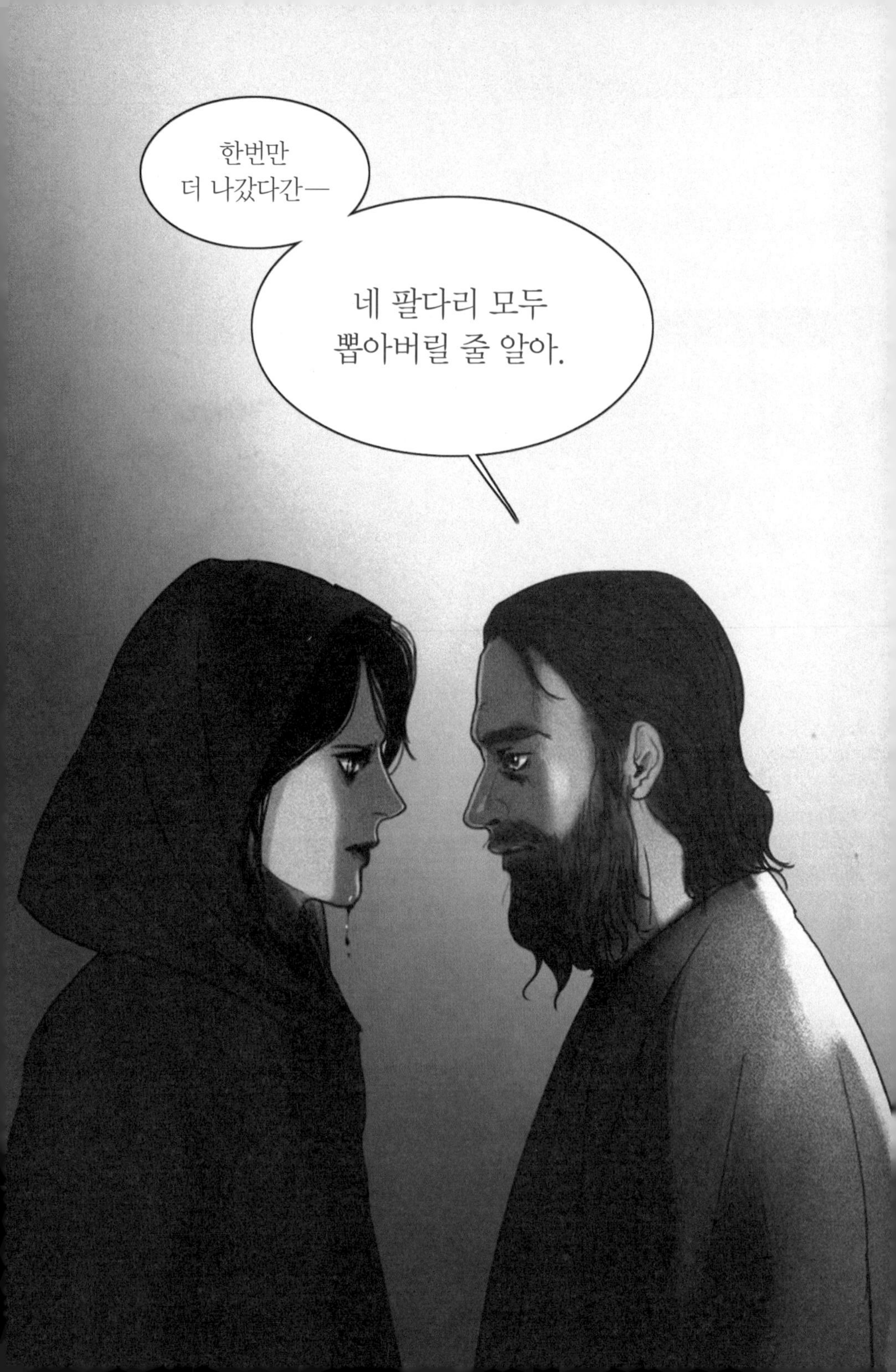
한번만
더 나갔다간—
네 팔다리 모두
뽑아버릴 줄 알아.

이제부터 로이는
네가 책임지거라.

너는 이것의 옆에
더욱 가까이 붙어 있고
말이야!

…아, 알겠습니다.
주인님….

스윽
ㆍㆍㆍ

그 작은 사람의 이름은 라비였어요.

죄… 죄송해요.

나 때문에…

나 때문에
이렇게 됐으니까
책임질게요!

21

……?

편찮으신 할아버지를 위해
약초를 구하러 숲으로 들어왔다가
늑대를 만났다고 하더군요.

내가…
내가 모두
책임질게요!

그러면서 제 팔이
없어진 것이 자기 책임이라며,

그날 이후로 일주일에 두세 번은
꼬박꼬박 저를 찾아와 함께했어요.

......

어떻게
하실 건가요?

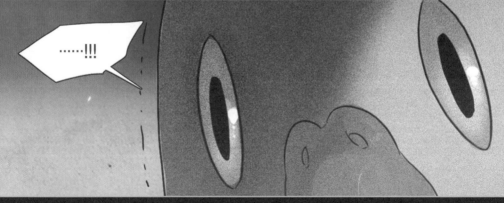

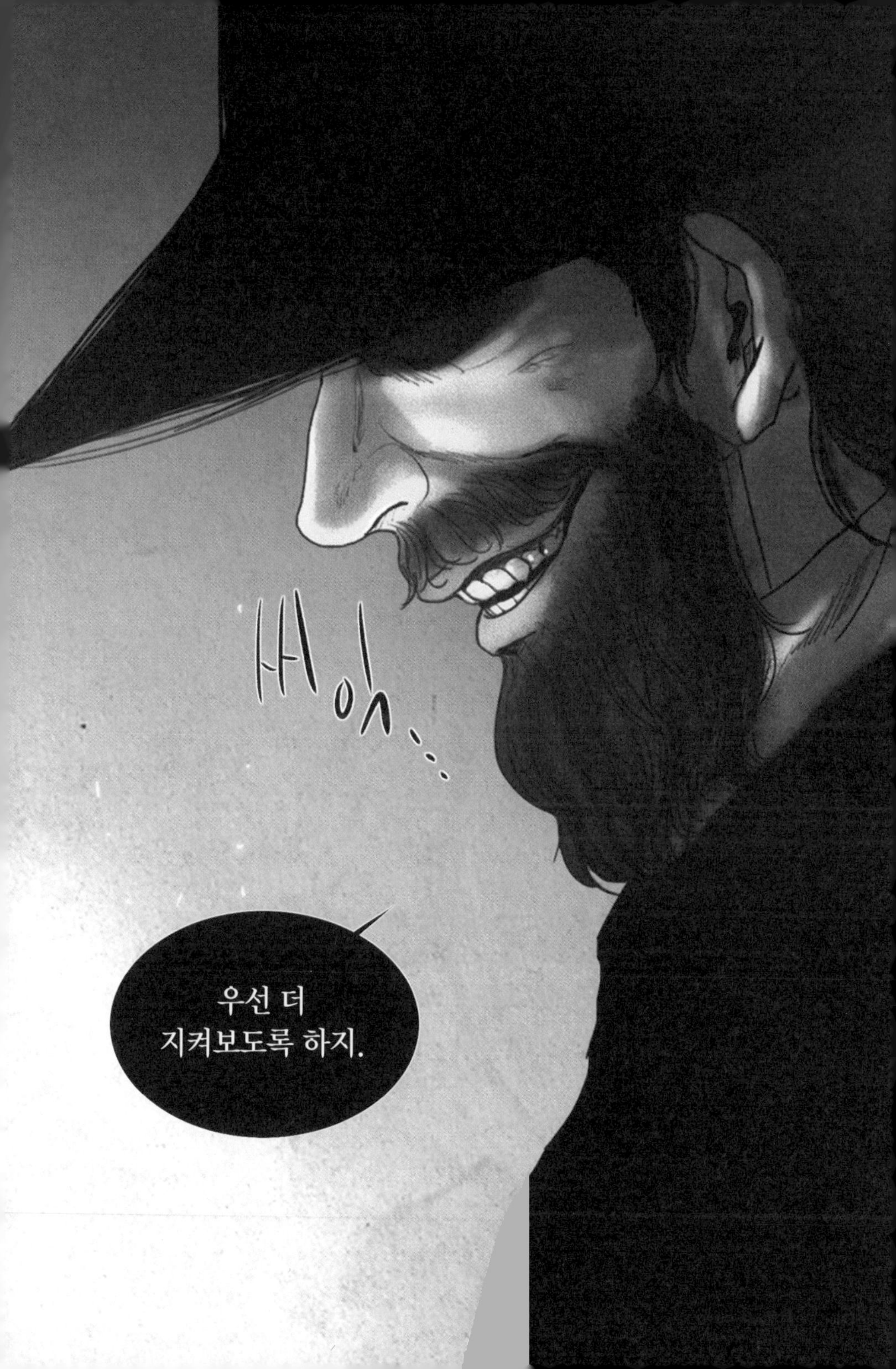
씨익…
우선 더
지켜보도록 하지.

둘이 만나면

근처 큰 호수에서 낚시하고,

수영하고,

놀고,

먹고.

숲 전체가 아주 자기들 세상이더만.

근데 넌 윈터가 혼날 걸 알면서도 그새를 못 참고 주인한테 일러바치냐?

그게 내 일이니까!

너는 진짜 얄미움의 극치다~!!!

흥, 그게 내 매력이거든?!

어쨌든! 혹시 말이야, 그 라비라는 애가 어땠는지 기억나?

기억나면 대강 좀 얘기해줘.

곰곰....

...물속에 있는 것을 즐겨했어요.

물속에 있으면 편하다며 잠수하는 시간이 길었죠.

27

…맞아요.

라비는 잠수를 잘했어요.

그리고 들꽃을 꺾어 에밀리에게 많이 주기도 했었는데, 주로 흰색 꽃이었어요.

에밀리가 좋아하는 색이라고 하더군요.

라비는 눈물이 많았고, 손으로 코끝을 긁는 버릇이…

잠깐, 잠깐. 에밀리는 또 누구야?

라비와 결혼한 여자.

근데 라비 외모가 어땠는진 기억 안 나?

잘 기억이 나지 않아요.

다만…

제인보다
밝았던 머리카락은
기억이 나요.

햇빛과 같아서
눈이 부셨던 적이
있었어요.

흠…
밝은 머리색에
이름이 '라비'.

느낌상 엄청
발랄하고 귀여운
얼굴이었을 것
같아.

눈동자는
너희가 놀았던
호수의 색과 같은 색이
어울리겠다.

물을
좋아했다며.

…그래요.

그 호수의 색.

좋아! 그럼 오늘은 여기까지!

얭킥!

뭐야? 더 안 물어봐?

나도 내 나름대로의 페이스라는 게 있거든~.

짝ㅡ억

라비라는 애도 내 머릿속에서 구체화 시켜야 하고,

내가 역사적으로 뭔가 알아야 너네 얘기도 제대로 알아들을 수 있을 것 같기도 하고.

나 이래 보여도 철저한 작가라고!

헤헤~

똥 싸네.

저게…!

또르르르ㄹ

그보다 윈터.

혹시 너희가 살고 있던 그때가 대충 몇 년도인지 알아?

너 같으면
알 턱이 있겠어?
우리가 살아온 게
몇 년인데.

……

그럼
어쩌지….

-흠-

탁

타닥

history of alchemy|

음—.

근데 저 코딱지
좀 이상하다?

언제는
우리한테 수상하게
행동해놓고선 지금은
또 멀쩡하네?

로이가
자고 있는 동안
제인이 미리 말만 하면
언제든지 떠나도
된다고 했어요.

흠… 그래?

…추워 보이는데.

아, 진짜 빌어먹을 제인!
한창 재밌게 듣고 있었는데
중간에 끊다니!

근데 저대로
둬도 돼?

뭘?

어쩌겠어,
우리는 EL-01이 한
일에 일체 관여할 수
없으니까. 그 녀석이 한
일에 대한 결과는
스스로 책임져야
된다고.

저 여자가
병에 걸려도
EL-01 탓이고~,

제인이 쓴 동화가
베스트셀러가 되어도
EL-01 탓이고~!

저 여자애 말야.

지팡이도 떨어져 있고
날씨도 추운데 저러다
병 걸리겠어.

너…
뭐 해?

아침에
해가 뜰 때 한 번,
해가 질 때 한 번.

이 시간이 되면
작은 것들이
잘 보여요.

이 작게 빛나는
것들은 언제나
새로워요.

그런데 윈터,
넌 안 졸려?

난 오늘 아침부터
깨어있어서 그런지
피곤해.

쭈욱

저는 잠을
자본 적이
없어요.

언제나
지금과 같죠.

그럼 그 긴 시간
동안 뭐 해?

심심하지
않아?

움직이지
않는 것들 사이에서
움직이는 것들을
찾아다녔어요.

소리도 들었고,

그 움직임을
보았고,

그리고
그것들을
기록했어요.

……．

너… 겁나
심심했겠다.

가만…

설마 그래서…!

제인 기억 속의 윈터

윈터,
잠시만~?

…???

여기 있다!

받아도
되는 건가요?

네가 말하는
기록이 낙서지?

앞으로는
여기에다 해.

물론이지.
너만의 움직이는
것들로 채워봐.

감사합니다,
제인.

Part 8
/
소중한 것

그보다 밤도 늦었는데 잠 안 자고 뭐 해요?

소곤

기록을 하고 있어요.

소곤

오 기록! 나도 기록하는 거 좋아하는데!

다만 나는 소리를 기록하지.

그렇군요.

소곤....

…그나저나 저 여자는 왜 저러고 있는 걸까요?

모르겠어요.

나 귀신인 줄 알고 완전 놀랬잖아.

얼어 죽고 싶나, 왜 저러고 있는지.

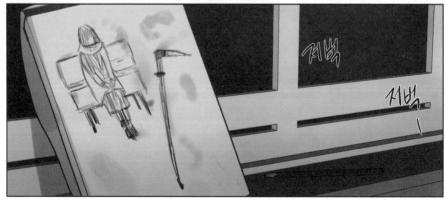

거기 있지?

조에?

거기 있잖아!

난 볼 수 있어요.

분명히
저곳에…!

아뇨.
정말로 아무도
없어요.

그럴 리가….

저를
잡고 일어서서
의자로 가요.

감사합니다….

아까 절
도와줬던
분이시죠?

초면에
죄송해요.

……

당신은 왜
절망하지 않나요?

소중한 것이
없어졌잖아요.

네?

…혹시 지팡이를
말하는 건가요?

제인이 그랬어요.
소중한 것이 없어지면
굉장히 절망스럽다고.

일상생활이
힘들기까지 하다고
했죠.

그렇다면 제가
말을 잘못했네요.

잃어버린 지팡이는
소중한 것이라기보단,
중요한 것이에요.

없어지면
곤란하지만 사는 데
지장은 없으니까.

소중한 것이
없어지면 어떻게
되는지 잘 몰라요.

제인에게
설명을 들었지만—

……．

아, 죄송해요.
당신을 보니 어떤 사람이
떠올라서요.

사실은 지금
기다리는 사람이 바로
제게 소중한 사람이에요.

그 사람이 없어지면…
전 죽을지도 몰라요.

소중한 건
그런 거예요.
없으면 안 될
내 몸의 일부…

그중
심장 같은 것이죠.

심장….

생각해봐요.

심장이 없어지면
살 수 있겠어요?

살아도 살아있지
않은 느낌…

그게 절망이라고
생각해요.

살아도 살아있지
않은 느낌…

그게
절망이라는
건가요…?

네….

소중한 것이 생기는 것도, 누군가에게 소중한 사람이 되는 것도 정말 행복한 일이자…

무서운 일인 것 같아요.

…저는 그런 느낌을 잘 몰라요.

당신도 그렇게 생각하지 않아요?

하지만 당신도 제인도 소중한 것을 하나씩은 꼭 가지고 있군요.

사람이라면 누구나 한 가지씩은 있을 거예요.

그리고 소중한 것을 가지거나, 되는 건 굉장히 다르지만 따로 떨어진 게 아니라고 생각해요.

그럼 저도 제인이나 당신처럼 소중한 것을 가지면 사람이 될 수 있을까요?

실례할게요.

네? 당신은 사람이잖아요.

…….

피부가 차갑지만…

속눈썹도 길고,

싱긋

당신은 분명 아주 멋진 사람이네요.

입술도 예쁘고…

…감사합니다.

…당신에게
거짓말을
했어요.

사실 지팡이는
제가 가지고
있었어요.

…!!

왜 이런 짓을
한 거죠?

소중한 것이 없어졌을 때
당신이 어떻게 절망하는지
궁금했거든요.

슬픔에 잠긴
제 모습을 보는 데엔
실패했겠네요.

아무리 보아도
당신은 그 사람과
비슷해요.

그 사람은 내가
무서워하는 모습이 어떨지
궁금하다면서 별짓을
다 했거든요.

저를 5일 동안
제가 가장 싫어하는
방에 가둬 놓은 적도
있었어요.

하지만 난 그가
무슨 짓을 하든
무섭지 않아요.

54

난 알 수 있거든요.

내가 그 사람의 소중한 존재라는 걸요.

그는 날 절대로 해칠 수 없어요.

그보다 오늘 그는 제게 올 생각이 없나 봐요.

분명 어디선가 보고 있을 거면서….

이만 가봐야겠어요.

당신의 이름은 무엇인가요?

아, 저는 아도라예요.

이제부터 매일 여기 올 테니 자주 봐요.

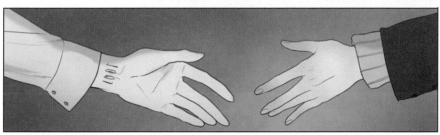

저는 원터우즈 입니다. 제인이 지어줬어요.

아주 예쁜 이름이네요, 원터.

당신에게 소중한 것이 생기길 바라요.

그러면 당신을 소중하다고 여기는 사람이 분명 생길 거예요.

그럼 다음에 봐요.

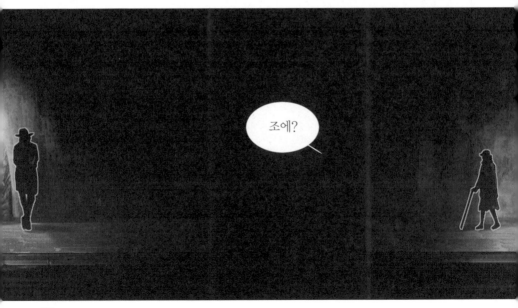

조에?

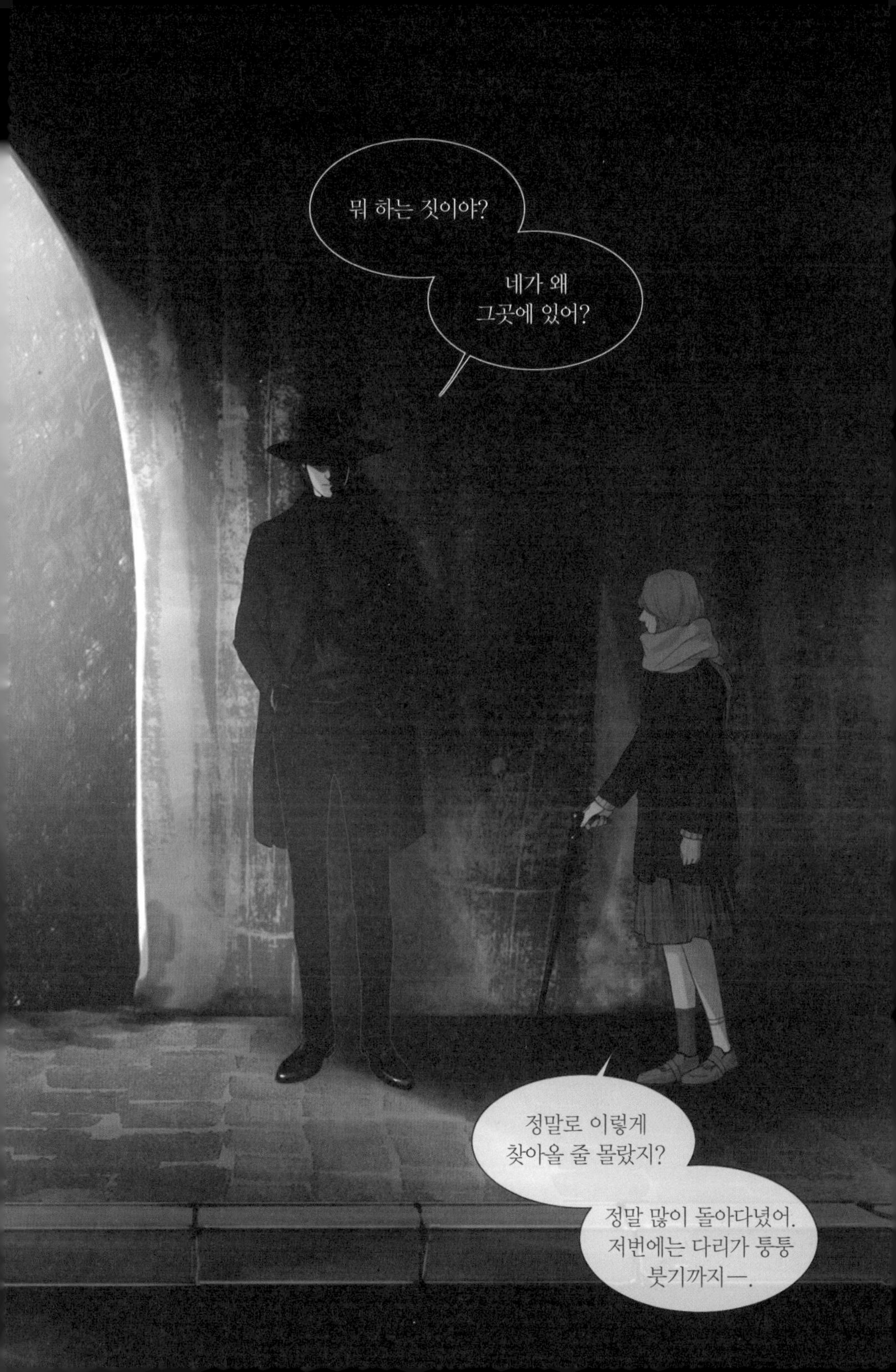
뭐 하는 짓이야?
네가 왜
그곳에 있어?
정말로 이렇게
찾아올 줄 몰랐지?
정말 많이 돌아다녔어.
저번에는 다리가 퉁퉁
붓기까지—.

어떻게
찾아왔는지는 모르겠지만
다음부턴 오지 마.

돌아가.

...싫어.

약속대로
칭찬을 해줘야
하는 거 아냐?
전에 당신이
내게 그랬잖아.
당신의 집에 찾아간다면
칭찬해주겠다고.

못 올 줄 알았는데
찾아오다니 그 집념이
굉장히 감탄스러워.

그러니까
이제 오지 마.

아니,
다리가 잘린다 하더라도
난 기어서라도 갈 테니
차라리 죽이는 게 좋겠네.

미안하지만
그럴 순 없어.

나를 막으려면
내 다리라도
잘라버려야 할걸?

할 수 있다면.

꽈악

좋아.

흥
이
야

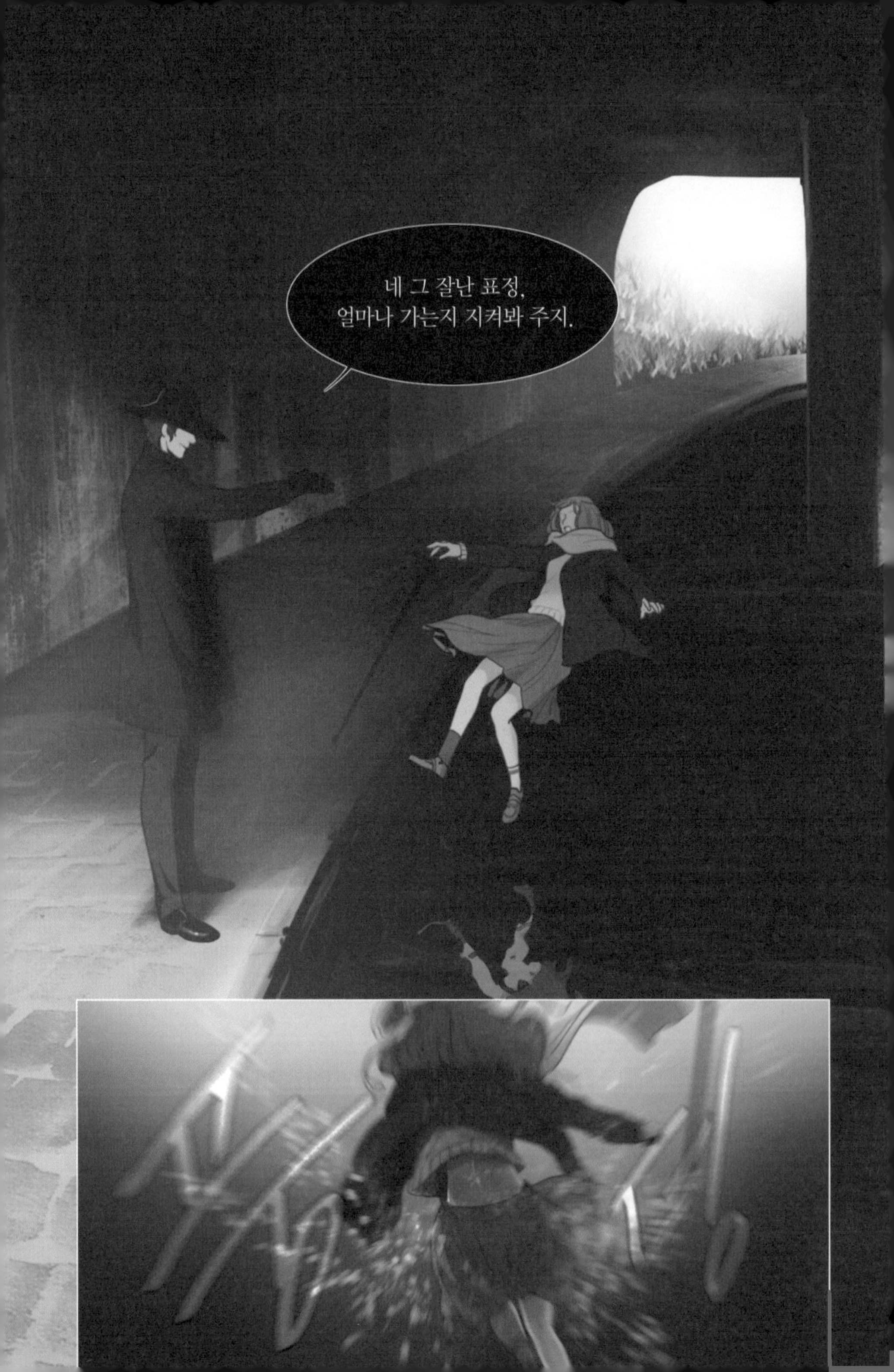
네 그 잘난 표정,
얼마나 가는지 지켜봐 주지.

어디 다른 사람들처럼
살려달라고 빌어봐.

내가
빌 것 같아?

조에, 당신은
두려움에 떠는 내 모습,
평생 가도 못 볼 거야.

Winter
Woods

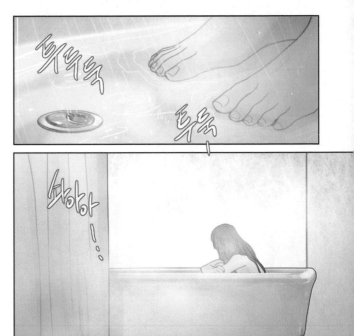

진절머리가
나는군.

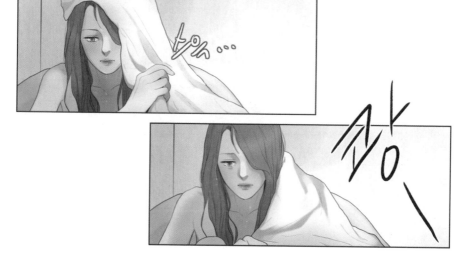

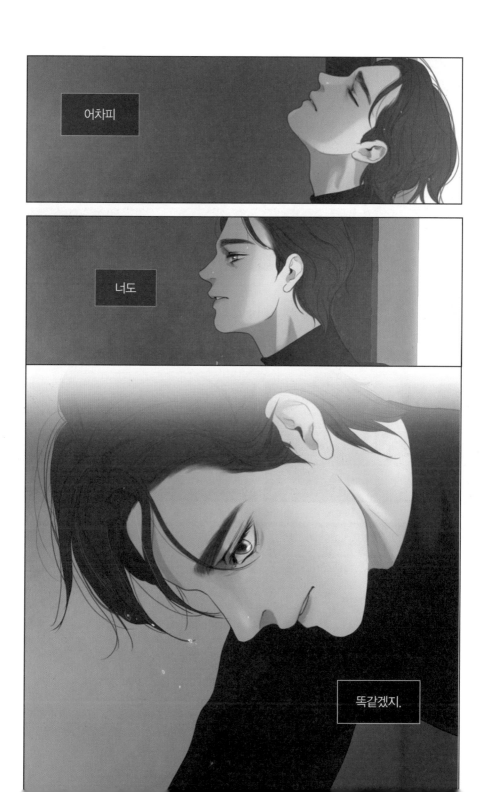

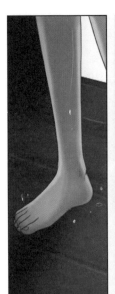

조에?

조에.

조에.

조에….

온기가….

난 말이야.

당신이 내게
무슨 짓을 하든
두렵지 않아.

다만…

당신이 없을 때가 가장 무서워….

'소중한 것이
생기는 것도,

누군가에게 소중한
사람이 되는 것도

정말 행복한 일이자…
무서운 일인 것 같아요.'

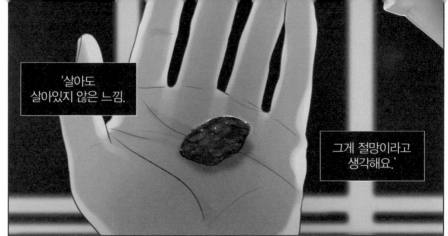

'살아도
살아있지 않은 느낌.

그게 절망이라고
생각해요.'

'소중한 건
그런 거예요.'

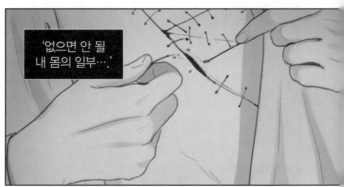

'없으면 안 될
내 몸의 일부…'

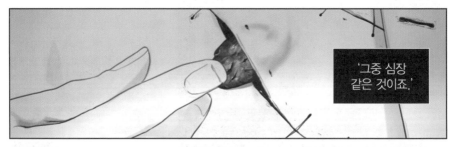

'그중 심장
같은 것이죠.'

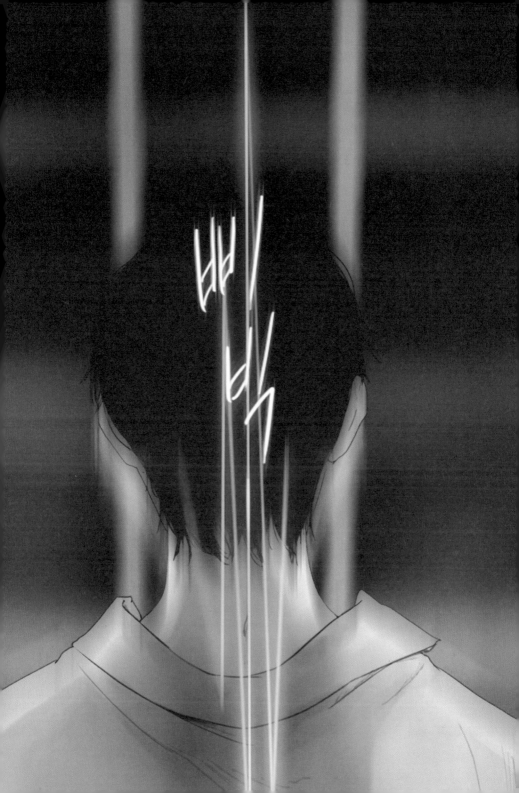

스으

뚜ᆞᆞ

뚜ᆞᆞᆞ

제인.

이젠 내가…

제인의 '소중한 것'이에요.

Winter
Woods

Part 9
/
변화

지이잉

발떡

오늘도
연구소에서
밤샜어요?

아— 네.

후우웅

스미스 선임 말로는
굉장한 일이 있었다죠.

…네.

여기 있습니다.

음….

차륵

바이털상으로
굉장히 놀라운
변화네요.

계속 이런
상태라면 기대할
만하겠어요.

슬슬 스태프들
준비시키세요.

…책임님.

이건 정말 이해가
안 돼서 물어보는 겁니다만,
영생 실험을 통해 책임님이
원하는 그 결과란
무엇인가요?

책임님은 한 번도
윈터가… 아니, EL-01이
살아있어야 한다거나,
그 반대여야 한다는 전제 조건을
정해놓지 않으셨잖아요.

사내에서
말이 많습니다.

이 세상에는
영생이란 존재
하지 않아요.

존재한다면 그것은
엔트로피 법칙에
어긋나는 현상이죠.

살아있는 생물인 이상
언젠가는 죽어요.

하지만 EL-01은
지금까지 살아온—

'그것'은
살아있는 것이
아니에요.

하지만…

퍽!

너 뭐야!!!!

콩닥
콩닥..

잠깐...

......?

윈터!!

그동안 흐르지 않던 시간이 빠르게 흘러가겠죠.

영생 실험을 하는 것도 아니고, 언젠가 죽게 되는 생물에 대한 실험이라니. 그것은 책임님도 저도 포함되어 있는 것 아닌가요?

차라리 그를 통해 영생을 얻겠다는 말이 훨씬 더—

난 내가 원하는 인간을 만들 겁니다.

그런 건 신이나 할 수 있는 짓이에요!

이건 복제와 유전학과는 달라요.

정말로 내가 원하는 생물을 탄생시킬 수도 있는 길이죠.

…나가보겠습니다.

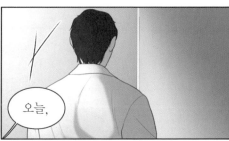

오늘,

제인의 집에 가서 EL-01을 내가 직접 봐야겠어요.

까딱

씽!!!

......

피식

숨은 쉬는 거야?
야… 윈터!

윈터! 윈터?
제발 눈 좀 떠봐!

……

악!!

저 자식이….

야, 놀랬잖아!

잠 안 잔다더니
얼마나 깊게 잠들었으면
침대 밑으로 떨어져도
안 깨?!

그것도
내 옆에서!!

미쳤어?

97

전 잠들지 않았어요, 제인.

제인을 따라 하고 있었죠.

날 따라 했다고?

제인의 자는 모습을 따라 했어요.

천천히 움직이는 배도,

느리고 깊은 호흡 소리도요.

가끔 목을 긁는 콧소리까지.

커ー 커ー 컥, 컥!

아, 아니 그럼 왜 계속 누워 있었어?

잠에서 어떻게 깨는지 궁금해져서요.

↑흉내 내는 중

잠은 어떻게 들고 또 어떻게 깰까,

저로선 알 수 없더군요.

아니… 그냥 깰 때 되면 깨는 게 잠이지….

못 깨어나는 사람들도 있잖아요.

뭐…

음….

제인,

당신의 할머니는
정말 놀라우신 분
같아요.

뭐가?

그녀의
말대로—

……

잠깐만! 내가
저 인간을!!

이봐요! 클라우드!! 그놈의 기타 확 부숴버리기 전에 그만해요!!!!

호… 호홍… 좋은 아침이에요, 제인 씨….

좋은 아침?! 확 문 부수고 옆으로 쳐들어간다?!

미안하다고 사과하지는 못할 망정, 이러기예요?!

제인,

두근—

두근—

당신의 할머니 말대로

정말 엄청난
일이 생겼어요.

두근―

두근―

두근―

Winter
Woods

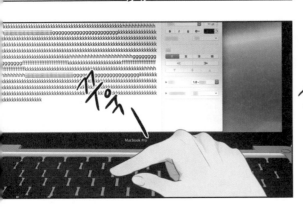

제인.

왜! 뭐!! 뭐!!!

이것이 계속
부르르 떨어요.

이리 내놔!

어, 사라?

무슨 일이야?

오늘?

나 좀 바쁜데….

쟤 왜 저래?

뭐? 정말?!
아냐! 안 바빠!!
나 스테이크가
너어어무 먹고
싶어! 고기,
고기!

헤헤~

알겠어!
그럼 이따
봐~!

윈터, 전에 봤던
내 친구 알지? 오늘
맛있는 거 사 들고 온대.

이번엔 절대로
옷 벗으면 안 된다!

그래도
오늘 밤엔 맛있는 거
먹을 수 있겠네.

알겠어요,
제인.

슬금

아 쫌,
저리 가!

이제 작업 시작
해야 하는데….

꽁…

이놈 때문에
못 하겠어…!

딩!
동!

제인~!
나예요, 스미스!

똑
똑

아, 네!
잠시만요!

빼꼼~

무슨 일이에요,
스미스 씨?

래리 씨도
오셨네요?
안녕하세요~.

우리 자기가
장 보러 갈 건데~,
같이 갈래요?

여긴
차 없이 나가기
번거로우니까.

딱히
필요한 건
없는…

안녕하세요,
스미스 씨,
래리 씨.

안녕~.

빤히~

잠시만요,
곧 준비해서
나올게요!

쫘!

쫙

윈터!

쭈물

쭈물

내가 이제부터
아주 중요한
임무를 줄게.

임무요?

그래,
임.무.

씨익

그게 뭐냐면
마트에 가서 물건을
사 오는 거야!

바로
휴지랑 아몬드!

소곤

아몬드는 제~일
싼 걸로다가.

제~일 싼 거?

하이고오~

나 아니면
옛이야기가
중구난방일 텐데~.

재는 지 일밖에
모르지만 난 다
알고 있다고~.

근데 이런
싼 대접이나
받아야 한다니~.

예효오호~!
내 신세가
코딱지네,
코딱지야~.

아몬드랑
다른 견과류 섞여
있는 거 있거든?
좋~은 거.

그것도
하나 사 와.

낄낄

부들... 부들

…밖에 나가도 된다는 건가요?

혼자서?

아니. 혼자는 아니고,

래리 씨랑.

어서 나가봐. 래리 씨 기다리겠다.

래리 씨라면 걱정 안 해도 되겠지? 경찰이었으니까.

이 문밖을 나가면 안 된다.

마을로는 더더욱 내려갈 수 없어.

내가 허락하기 전까진
혼자 돌아다니면 안 돼.

넌 아직 미완성

…?

…뭐가
감사하다는 거지?

아— 몰라.
빨리 작업이나
해야겠다.

Winter Woods

Part 10
/
뜨겁고도 무거운

어, 왔어?

알았어,
알겠다고!

잔소리 좀
그만해, 좀~!

적은대로 사 와,
또 귀찮다고 아무거나
쓸어 담지 말고!!

윈터도 잘
챙겨주고!

그렇게
듣기 싫으면 잔소리
안 하게 좀 해봐!

내가 뭘 그렇게
잘못했다고 그래?!

오, 윈터!

클라우드, 어디 가나요?

일 나가기 전에 마트에 가려고요.

저도 마트에 가는 중이에요.

제인이 휴지랑 견과류를 사 오라고 했거든요.

오, 그래?

마트 가는 길 모르죠?

나랑 같이 가요. 마침 나도 혼자 가기 심심했거든~.

그럼~,

우리 셋이서
가는 건가?

남의 얼굴에다
히이익이라니.

? ? . . . . .

윈터가 오기 전에
끝내야 해!!

열중!

저것들은 뭐가 좋다고 떠들어?

어디서 봤는데….

으음~

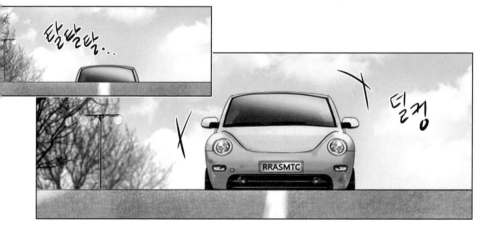

탈탈탈…

덜컹

RRASMTC

뭐야?

클라우드의 몸에서는
시원한 하늘이랑
꽃 냄새가 나요.

바디 워시
새로 사줄까?
향 좋은 걸로!

어떤 바디 워시를
쓰나요?

아아,
냄새 좋지?

아이고, 삭신이야!

그냥 전화로 주문하면 편할 걸— 왜 사서 고생하는지.

야! 뭐 해?
안 가?

저 사람…

척

배가
이상해요.

제인이
잘 때보다
더 나왔어요.

야, 이 멍청아.
저 배엔 아기가
들어 있는 거야.

아기?

네! 아기요!
조그마한 아기!

임산부
처음 보냐?

저 정도면…

곧 태어날 것
같은데요?

꽈당

윈터?!

야, 야! 어디 가?!
우리끼리 그냥 간다?

저거 저거,
제정신이야?

독특하다고
치죠….

후,

드

누, 누구세요?

깜
짝

그 안에 조그마한
아기가 들어 있다는데,
사실인가요?

저 같은 사람
처음 보나 봐요?

130

아니요, 배 안에 아기가 들어 있다는 사람은 한 번 본 적이 있어요.

그럼 임신 초기신가 보다!

임신 4개월 때까지만 해도 그렇게 배가 많이 안 나오거든요.

하지만 그 사람은 당신처럼 배가 크지 않았어요.

아~, 저 4개월 때 정말~ 사람마다 다른데, 저는 그때 식욕이 엄청났거든요.

그리고 그때쯤에 태동을 처음 느꼈었는데 정말 이상했어요.

이 배 안에 다른 무언가가 살아서 움직인다는 게.

태동?

네, 아기가 이 배 안에서 움직이는 거요!

발길질 같은 거 있잖아요?

발길질?

배 안에서 뛰어다니고 그러나요?

지금도 그러나요?

뛰어다니는 건 아니고 발차기 정도예요.

하하~

어어어어~~! 이거 봐요!

볼록

여기요, 여기.

지금 움직이고 있어요!

볼록

한번 만져볼래요?

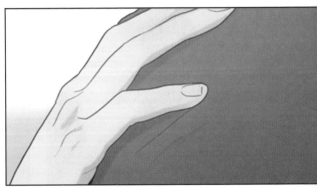

임마!
이거 내 거야!!

짓거!! 완미?

...네?!

아기가—

아, 죄송합니다.
이놈이 제정신이
아니라서요.

따
악

이게 아직도 정신을 못 차리고!

하지만 래리, 배 안의 아이는 정말로 나오고 싶어 해요.

빠방~

빠방~

아기는 나올 때 되면 알아서 나와!

!!!!!!!!!!!!

쿠궁-

여기도!! 꺼내야 해요!!!

너 아직 덜 맞았지?

통~

통~

품

아기가아아아~!!

으… 으윽….

배가…

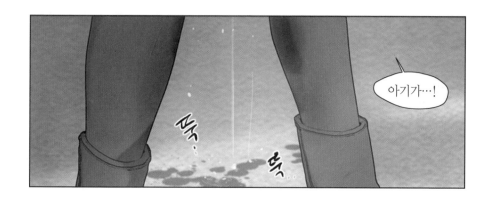

아기가…!

뿍.

뿍..

아기가 나오려 해요…!

오마이 갓!

제 말이 맞죠, 래리!

병원! 병원! 병원!
병원! 병원! 병원! 병원! 병원!
병원! 병원!

아아아악!
아악!! 아, 나 죽을 거 같아!!!
이 @#%#$자식들아!!!!!!!!!!

나아쁜
노오오옴 —!!!!!

나 혼자
두고!!!!!

나랑 아기만
두고!!!!!

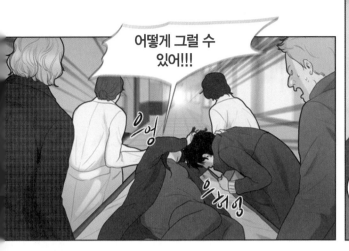

어떻게 그럴 수 있어!!!

저기…
진정 좀 하시고,
라마즈 호흡을—

진정이고 나발이고!!!
빗자루 머리 새끼야!!!!
니가 알아?

남편 없는 서러움을 아냐고!
얼마나 서럽고 무서운데!!

나 혼자 남겨놓고!!
너무 무서워…!

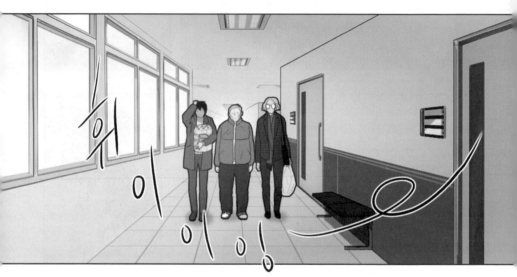

가, 갈까?

저 임부 말이에요,
남편 없는 것 같죠?

응, 호출 내용
얼핏 들어보니
사별한 것 같던데….
환자가 울고불고
난리더라.

어휴―
초산인데 부모님도
안 계신가 봐요.

여자 혼자서 분만하는 게
굉장히 무섭고 힘든데…
기다려주는 사람도 없고….

......

드르륵

으앵~

으앵~

! !! !!!

어?

혹시 환자분
보호자 되세요?!

아니,
그건 아니고—
아까 길에서—

145

잠시만 기다려보세요!

아니, 잠깐—

안으로 들어오세요!

부인께서 보고 싶다 하시는데.

와~

아기를 볼 수 있어요?

넌 좀 가만히 있어.

쭈뼛..

쭈뼛..

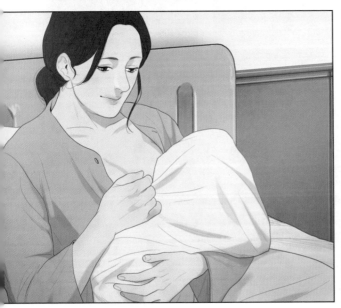

서큰

너무 감사해요.

여러분들 아니었으면 정말 큰일 날 뻔했어요.

아까… 실례 많았죠?

우리 남편이 잠깐 일 때문에 출장 갔는데, 뭔가 서운해서 저도 모르게…

빗자루 어디 새꺄!

읏샷

병원 병원!!

사별이라며! 그 간호사들…!

……

아뇨… 뭐… 조금….

그보다 아기가 정말 예쁘네요!

너무 예쁘죠?!

우리 예쁜 공주님이에요!

크읍-

건강하게 자라렴!

……

삐빤히~

한번
안아볼래요?

그래도 되나요?

물론이죠!

……?

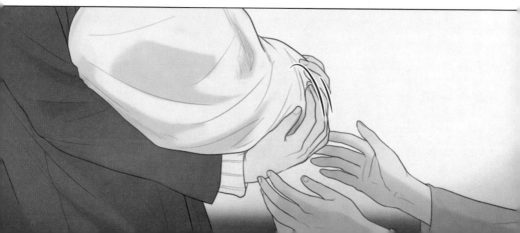

야, 갑자기 왜 그래?

그르...

저, 저기 그러니까…

보드랍고…

꼼지락...

따뜻해요…

너무…

너무 작아요….

혼자 또
어딜 가려고!

왜 이렇게
늦어?

나간 지
한참 지났는데.

야! 넌
걱정도 안 되냐?

래리 씨랑 클라우드 씨랑 같이 갔는데, 무슨 일이라도 생기겠…

응얼 ~얼 응얼

또 텅ㅇ

하ㅡ

……

이… 이 망할 자식이….

이 새끼 들어오면 죽었어… 들어오기만 해봐.

왈 깼 왈

왜, 왜 그래? 괴물로 3차 성징이라도 하는 거야?!

벌쩍

왔 구나….?

윈터!!!

너 또
내 씨앗에 손댔―

야…?
너 왜 그래?

떨

떨

무슨 일 있었어?

윈터…

무슨
일인데 그래?
응?

토닥

토닥

그래도 어떻게
잘 찾아왔나 보네.

그러게요.
아깐 갑자기 뛰쳐나가서
얼마나 놀랐는지
몰라요.

무슨 일이
있었길래 저래요?

못 볼 걸
본 것처럼 사색이
되어서는.

사색이
되었다고?

그렇다니까요.

다짜고짜
문을 박차고
들어오더니….

아, 아무튼
좀 이상해요.

도대체 밖에서
무슨 일이 있었던
거예요?

그 임부를
본 게 그리
충격이었을까요?

머리털이
너무 많이 뽑혀서
대머리 될까 봐
그러나?

네?

그게 무슨….

아니 그게,
사실은 아까….

그럼
들어가세요~.

달깍

……

!!!

뭔가 있을 만한 일은
특별히 없었던 것 같은데,
왜 저러지?

하아

너 뭐 하는
짓이야?

미쳤어?
제정신이야?

저도 잘
모르겠어요, 로이.

…정말
모르겠어요.

그런데
있잖아요,

전 뭔가
크게 잘못을
한 것 같아요.

잘못?

숨도 쉬고,

팔도 움직이고,

밖으로 나가고 싶다고 발길질도 하고…

나는 오늘… 갓 태어난 작은 아기를 봤어요.

예전 그녀의 배 안에도 그런 아기가 있었겠죠?

또 뜨거우면서도,

가볍지만 무거운…

그런 아기 말이에요.

어차피 죽을 것들은 죽어.

하지만 나 때문에 그녀와 그 아기가—

시끄러워!

너는 실패작이야!

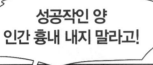

성공작인 양
인간 흉내 내지 말라고!

로이!!

너 같은 건 그냥
가만히 있다가 내 태엽이나
감아주면 돼!!!

너 말이 좀
심한 거 아냐?

윈터도 배우면
사람처럼—

배우면 사람처럼
될 거라고?

어디까지나
'사람처럼' 이겠지!

절대로 인간이 될 수 없어.
평생 흉내나 내는 게 고작일걸?

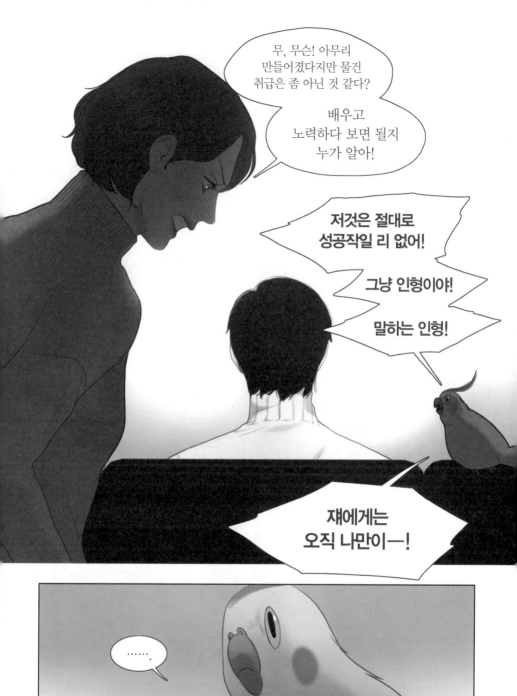

됐다, 뇌도 없는 코딱지랑 얘기해봤자 무슨 소용이야.

짜증 나.

저게!!!

윈터?

……

너무 속상해 하지 마.
쟤가 원래 한싸가지 하잖아.

응? 괜찮지?

전 아무렇지도 않아요, 제인.

…그럼 다행이고.

근데 아까 왜 그런 거야?
들어와서는 갑자기 끌어안질 않나, 그 이후로는 입도 뻥긋 안 하질 않나.

밖에 나갔다 무슨 일이라도 있었어?

제인, 사람들은 누구나 다 작았던 적이 있었겠죠?

제인도 작았을 거예요, 그렇죠?

사람은 물론이고 동물이나 식물도 다 처음엔 작았지.

전 작았던 적이 없었어요.

언제나 지금 이 모습이었죠.

젠장! 뭐라고 말해줘야 하지?!

……

어… 음… 그, 그래?

조, 좋게 좋게 생각해!

네가 항상 그 모습이었으면, 뭐 앞으로도 그렇다는 거 아니겠어? 그러니까… 그러니까아아….

아~ 부럽다~

넌 비록 작았던 적은 없지만 늙지 않을 거야! 얼굴에 주름도 생기지 않을 거고, 안 그래?

……

으…

그녀의 배 안에 있었던 어린아이가 떠올라요.

그, 그래.

이리 와.

두근

두근

두근

두근

Winter Woods

Part 11
/
푸른 안개 속에서
길을 잃다

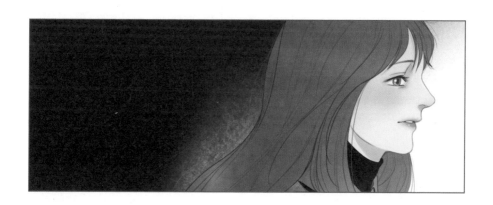

…조에?

따라와.

여기가
어딘지 알아?

근처 숲인가?

맞아, 여긴
안개꽃 숲이야.

안개꽃?

그럼
여긴 꽃이 많이
핀 곳이야?

뭐, 그래.

너무
아름다울 것 같아.

…너는 내 얼굴을
보고 싶다 했지?

응.

너무나도
보고 싶어.

내 얼굴뿐만
아니라—

나무도,

하늘도.

그리고 저 별도
보고 싶겠지.

물론이지.
알록달록하고
예쁠 것 같아.

바람에도
색이 있지 않을까 하는…
색이 어떻게 생긴지도
모르지만 말이야.

…생각보다
알록달록하지도,
예쁘지도 않아.

그저 회색빛만이
가득하지.

어쩌면 바람을
색으로 느끼는 네가
행운일 수도 있어.

······

여기서 기다려.

저벅

저벅

가자.

…어디로
가는 건데?

씨익

네가—

두려워할 만한 곳.

입을 떼면
넌 바로 죽어.

그러니까
빠지지 않게
잘 물고 있어.

아… 아으으….

……

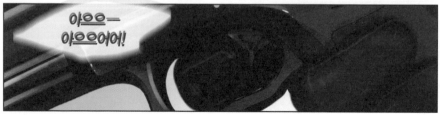

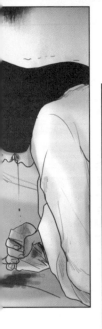

안녕, 리지.

......

나 굉장히
오래 기다렸어요.

미안.

하지만
이렇게 왔잖아?

…천사?

천사라고 해두지.

나를 위해
기도해주세요.

……

......

고생하여 —

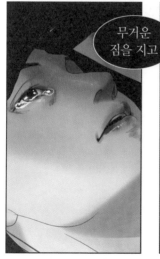

무거운
짐을 지고

허덕이는 사람은…

내가

편히 쉬게 하리라.

나는 마음이
온유하고 겸손하니

뭐 하는 짓이야?

203

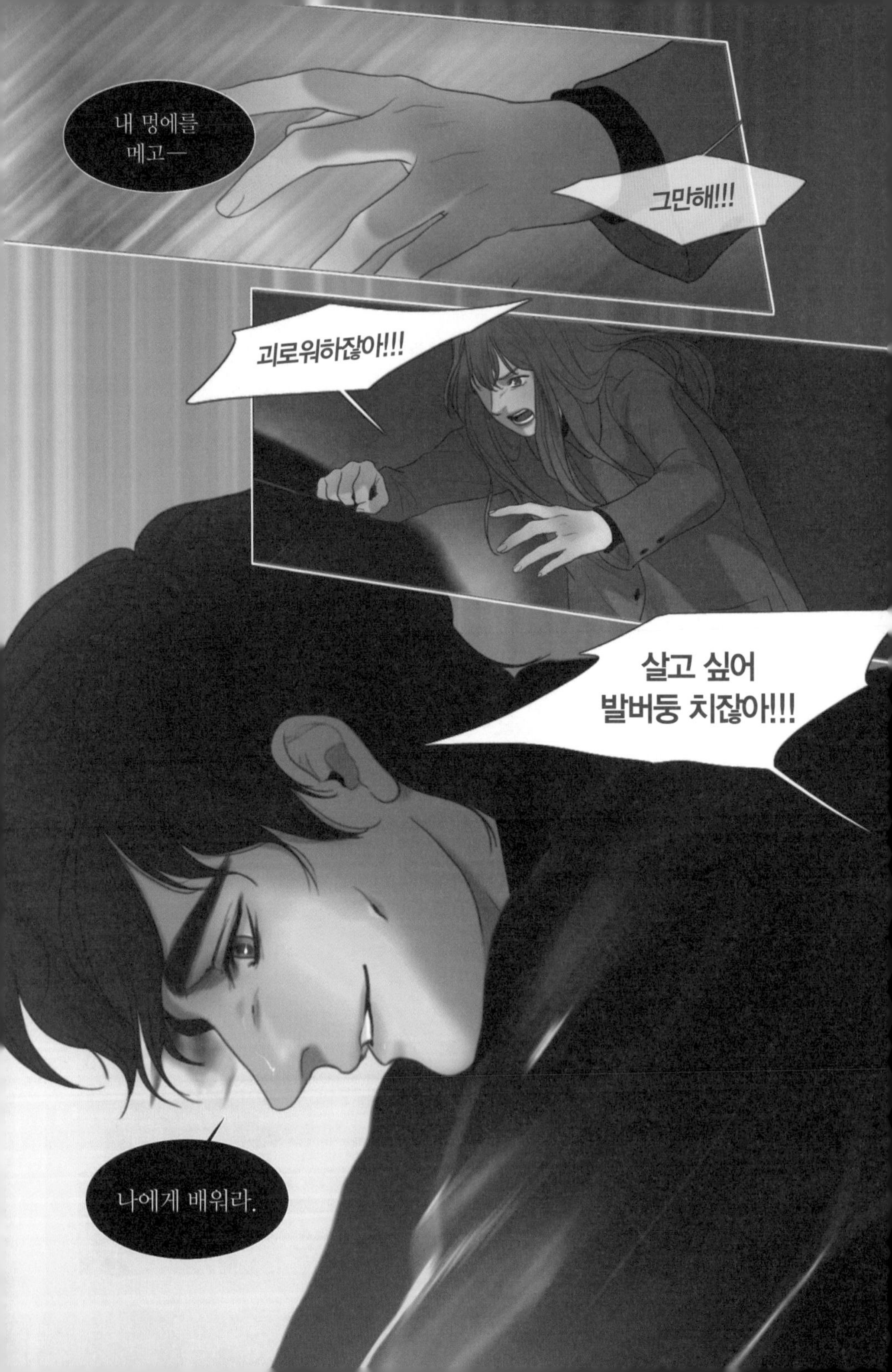
내 멍에를
메고―
그만해!!!
괴로워하잖아!!!
살고 싶어
발버둥 치잖아!!!
나에게 배워라.

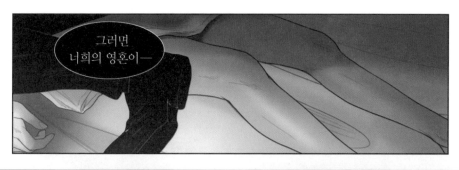

그러면
너희의 영혼이―

안식을
얻을 것이다.

내 멍에는
편하고,

내 짐은 가볍다.

시끄러워….
그만해!!!!!

리지…
너는 이제
자유야.

당신 미쳤어?!

살고 싶어 하는
사람을 죽였어!!
살고 싶어서
발버둥 치는 사람을
당신이 죽였다고!!!

당신이 뭐라고!

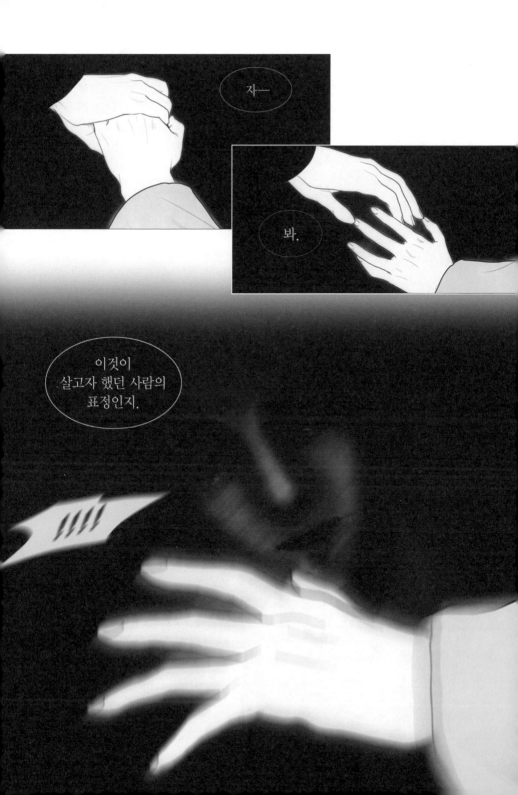

가족도 친구도 없이 이런 곳에 갇혀서 두려움에 떨었겠지.

어차피 폐병으로 살 날이 얼마 남지 않은 아이였어.

나에게 편지를 보냈더군.

자유롭게 해달라고.

나는 이렇게 사람들에게 도움을 주고 있어.

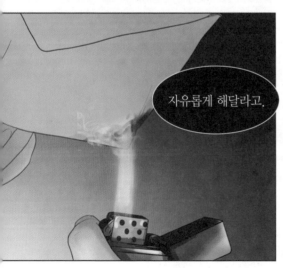

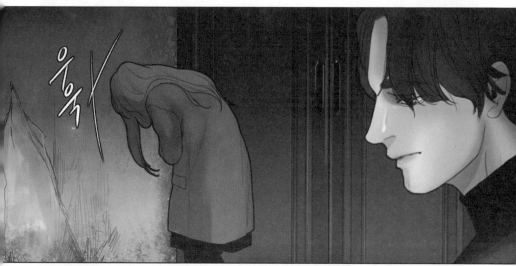

그러니까 내가 계속 옆에 있을 거야.

내가… 내가 옆에서 보호해줄 거야!

…보호?

사랑? 네가 나를? 헛소리하지 마.

너나 나나 똑같아. 버려지는 것에 익숙하고, 버리는 건 더더욱 익숙하지.

우리가 어떻게 만났는지 기억 안 나?

……

어째서…
두려움에
떠는 걸까?

나는 한 번도
당신을 버리려 한 적
없는데….

스멀…

스멀…

으냐-

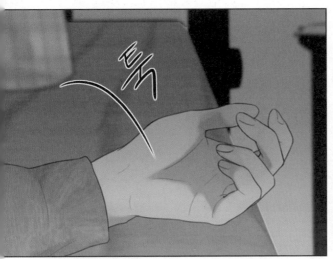

아니,
하, 한참 동안
못 봤고,

또 왠지 여기
할아버지도 안 계실 것
같아서….

들어왔는데….

‥‥‥.

저벅

뚜벅 뚜벅 …

ㄱ획

…!!!

이 여자애 아는 애야?

안 죽어! 그냥 열이 좀 높을 뿐이야… 그냥 자고 있는 거라고.

켁~

제인, 아도라를 살려주세요.

죽으면 안 돼요.

그럼 곧 눈을 뜨겠네요?

좀 더 봐야지. 아무리 늦어도 내일이면 일어날 거야.

여기가 무슨 만남의 광장도 아니고, 탁아소도 아니고…. 아프면 자기네 집으로 갈 것이지, 왜 우리 집으로 와서…. 내쫓을 수도 없고… 아- 귀찮아.

윈터, 난 소파에서 잔다.

……

윈터! 나 소파에서 잔다고~~.

쌩

…….

참 나~, 쳐다도 안 보나?!

안개 숲에 안개가 끼어
온통 세상이 흐려졌을 때

그 속에 넌 헤매고 있지.

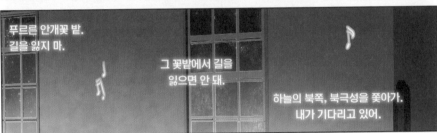

푸르른 안개꽃 밭.
길을 잃지 마.

그 꽃밭에서 길을
잃으면 안 돼.

하늘의 북쪽, 북극성을 쫓아가.
내가 기다리고 있어.

아니, 내가
찾으러 갈게.

이젠
내가 갈게.

내가 갈 수 있게
해주세요.

Oh Odelia Roav.

Odelia Roav...

Oh Odelia Roav,

Odelia Roav...

아도라,
눈을 떴어요.

죽지 않았어요!

아,

윈터군요.
여긴 어디죠?

제인의
집이에요. 저도
이곳에서 살고
있고요.

어떻게…
제가 이곳에…?

저도
잘 몰라요.

작은 노크
소리가 들렸고…

문을 열어보니
당신이 있었어요.

…….

제인이라는 분께
너무 폐를 끼쳤네요.

윈터, 나 오늘 너무
슬픈 것을 봤어요.

아니, 봤다기보다
듣고 만졌다고
해야겠죠….

슬픈 것이요?

네… 조에가 두려움에 떨고 있는 모습이요.

까악...

…그의 이름이 조에인가요?

네, 사실 조에는 아주 이상하고 알 수 없는 직업을 가지고 있어요.

그래서 그의 곁엔 언제나 지독한 냄새가 맴돌았죠.

하지만 역하지는 않았어요.

평소 그 냄새는 굉장히 옅었고…

대신 향수 냄새가 가득했으니까.

향수 냄새…?

그는 언제나 내게 두려움에 떠는 모습을 보고 싶다고 말해요.

그런데—

어떻게 내가 무서워할 수 있겠어요?

그 지독한 냄새를 지우려 집 문 앞에서 향수를 뿌릴 그의 모습을 생각해봐요.

Part 12
/
언제나 빛나는 별

……

새로운 성경을
써보는 것도 나쁘지
않을 것 같네요.

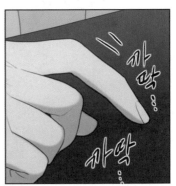

EL-01.
저번에 했던 것
좀 보자.

피곤하다. 앵무새도
그렇고, 이것도 그렇고.
도통 진전이 없어요,
진전이.

점점 지친다니까.
대충 하고 가자.

그래도
있다는 게
어디야.

있으니까
더 목마르고
지치는 거야.

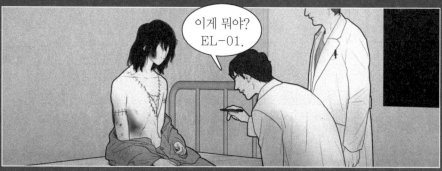

이게 뭐야?
EL-01.

……

!!!

이 상처들,
어쩌다 생긴 거지?

입안도
다 터졌잖아!

EL-01, 말해봐.
도대체 누구 짓이야?

휴버트, 다 우리 실험을
위해서야. 만족할 만한 성과를
얻기 위해선 이런 고통 실험이
계속되어야 하지 않겠어?

…?!

다들 그런
눈치라고.

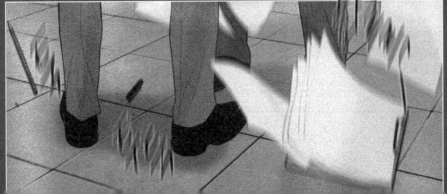

…고맙다.

……

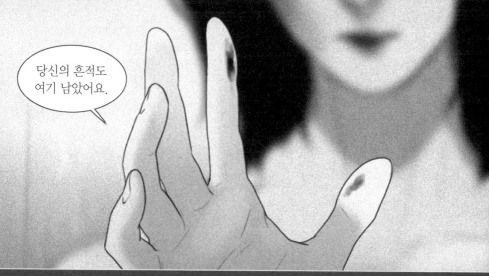

당신의 흔적도
여기 남았어요.

그래도 윈터,

당신에게
털어놓으니까
편해졌어요.

다행이에요.

이만 가봐야
할 것 같아요.

제인 씨에게
인사 못 하고 가는 게
좀 미안하긴
하지만…

아도라.
정말 괜찮은
건가요?

가다가
또 쓰러지면
어떡해요?

괜찮아요.
저 정말 아무렇지도
않아요.

그리고
돌아가야 할 이유가
있으니까.

…알겠어요.

제인이 일어나면
꼭 말할게요.

제인 씨에게 꼭
다음에 와서 답례하겠다고
전해주세요.

고마워요, 윈터.

Winter Woods

래리.

날씨도 추운데
왜 나온 거야?

아주 이상한 걸
봤거든.

이상한 것?

어제
말이야….

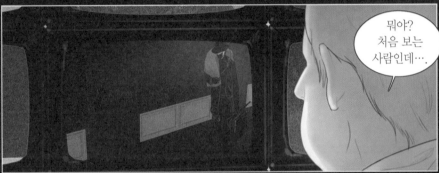

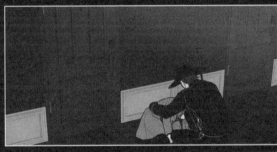

제인의 집 앞에
사람을 두고 가더군.

분명…

윈터가 잠을 자지
않는다는 것을 알고 한
행동인데.

무슨 소리야?

일단 추우니까
집에 가서 자세하게
이야기하자.

자기! 나 춥다니까~,
일단 들어가자고~!

……

254

아무도 모르게
달아놓은 건데…

마치 내가 자길 보고
있다는 걸 다 알고 있다는 듯
비웃는 것 같았어.

래리!
들어가자니까!!

아, 알았어.

……?!

…저 여자는!

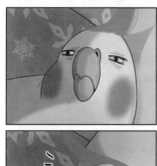

돌았냐? 꼴 보기 싫어서 소파로 왔더니, 감히 따라 들어와?

투닥

그럴 만한 일이 있었거든? 깨우려다가 생각해서 그냥 뒀더니, 고마운 줄 모르고!

투닥

제기랄! 내 아름다운 몸에 코딱지의 기운이 묻었어!

이거봐!

이 부리를 부숴버릴까…!

탁탁

어제 그 정도 소란이었으면 깰 만도 한데, 너도 참 대단하다.

난 원래 깊이 자거든. 꿈도 안 꿔.

…좋겠다, 난 잤다 하면 꿈인데. 오늘도 이상한 꿈을 꿔서 기분 나빠.

걘 일찍 갔나 보네.

끼익

자는 모습을 기록하고 있었어요.

원터, 뭐 해?

촤악-

뭔가
느낌 있는데?

이렇게 보니까
우리 잘 땐 참
평화롭구나?

미쳤어?!
미쳤어?!

너 한 번만 더
이런 끔찍한 거 그리면
진짜 가만 안 둬!!

하여간
성격 더러워.

그래서, 그 아도란가
뭔가 하는 애가 여기서
잤다는 거야?

네, 누가
데리고 왔는지는
알 수 없었어요.

흠…

뭐야?
왜 그러고 있어?

아깐 말 못 했는데,
아도라가 아무런 말 없이
가게 돼서 제인에게
미안하다고 그랬어요.

그리고 나중에
꼭 보답하러 오겠다고
전해달래요.

괜찮다고 그래.
그런 어린애에게
보답은 무슨.

귀찮게
찾아오지 마.

알겠어요, 제인.

잠깐!!

어제 말이야.
아니, 오늘 새벽인가?
아무튼 너 개 얘기 엄청
집중해서 듣는 것
같더라?

네.

아니, 뭐.
딴 건 아니고, 그냥
재밌었나 궁금해서….

아도라를
알게 된 건
얼마 안 됐지만,

많은 것을
배우고 있어요.

…….

뭐, 사실 나도 어제 걔 얘기 들었는데, 처음엔 좀 막 닭살 돋고, 웃겼거든?

왜 사랑이라는 단어 자체가 좀… 유치한 느낌이 있잖아.

…유치한가요?

사람마다 다르겠지만, 솔직히 나에겐 그 단어 자체가 입 밖으로 꺼내기 힘들더라고.

그런데 이상하게 그 애 목소리가 계속 귓가에 맴도는 거 있지.

그러면서 한편으론 진짜 사랑이란 게 어떤 느낌일까 궁금하고, 궁금하고, 또 궁금하고….

제인은
사람이잖아요.

사람이면서
그 느낌이 궁금하다는
건가요?

물론 사랑이
뭔진 알아.

머리로는!

그런데 제대로 된 사랑을
해본 적이 있나 하는
의구심이 들더라 이거지.

내가
사랑을 받기만 해봤지,
도통 준 적이 없어요~.
하! 하! 하!

꼴값은.
하! 하! 하!

아무튼,
사람은 사랑을 하기 위해
산다는 말도 있을 정도인데,
어제 걔 얘기를 들으니
난 뭐 했나 싶은 거지.

제인…

혹시 죽어가고
있는 건가요?

뭐?

제인은
죽으면 안 돼요.

무—

안 되겠어요,
제인.

덥석

후다닥

제인도
나와 같이 배워요.

빌쩍

너… 너…
그만 안 둬?!

휘익

아도라에게
가면 제인도 다시
살 수 있어요.

아도라에게 가요.

아, 뭐라는 거야!
얘 미쳤나 봐!!

야! 잠깐만!

단호

안 돼요, 제인.
당장 가야 해요.

낄낄낄ー

로이도
같이 가요.

슈욱ー

꾸엑!

안녕하세요, 클라우드.

야, 야! 잠깐만! 이 윈터 새끼야!!

어, 안녕….

새앵~

잠깐, 잠깐! 갈게, 간다고!!

갈 테니까 좀 멈춰보라고!!!

쮸아악~

하아-

너 걔네 집이 어딘지는 알아?

알 것 같아요.

저쪽이요. 아도라는 항상 저쪽에서 나타났어요. 전에 마트 갈 때도 이쪽으로 쭉 갔는데….

그때 여기서 나타났으니까 쭉 가면 나올 것 같아요.

아…

…

그럼
아도라는 마트 옆에
살고 있나 봐요?

…그걸 왜
나한테 물어?!

야, 이 멍청아!
어딘지도 모르면서
어딜 가겠다는 거야!

……

어휴, 윈터
상처받았나 봐.

……?!

클라우드 씨는
가던 길 가시죠?

하하하항~~
안녕히 계세요, 제인~~~.

추워…!

어차피
중고 책방에
갈 참이었는데,
잘됐지, 뭐.

윈터. 당장
집으로 튀어 가서
옷 껴입고,

내 지갑이랑
핸드폰…

폰?

……

챙겨 올 거
있으니까 일단
집에 갔다가
나오자….

네. 제인.

한눈팔지 말고
조심히 따라와.

끼익

집에나 가.
추워!

조용~~.

윈터, 이것 봐봐.

책에도 흔적이 남는군요.

완전 웃기지? 이 책의 전 주인은 좀 가난한 학생이었나 봐.

이런 게 헌책의 묘미지.

이것 봐. 중요한 부분엔 체크도 되어 있고, 추가적인 정보도 적혀 있다?

좋은 건가요?

엄청
좋은 거지!

이걸로
사야겠다―.

딱!

쏴시시

……

잠시만
기다리고 있어,
이거 계산하고
올게.

…응?

제인!!
나야, 델라! 잘 지내고 있어?
살아는 있는 거지?

전에 내가 쓰던 소설 기억나?
그걸 투고해봤는데,

W
n
that
before, and I got go
today!!!! Can you imagine how
I'm excited? Aaaah! Now
I'm sooooo happy!!!

pped up
ews!

글쎄 오늘
출판사에서 연락이 왔어!!

얼마나 흥분되는지 알아?
아아아!! 너무 너무 너무 행복해!!

……!!

꿈벅

꿈벅

시간 되면 연락해!
만나서 술이나
한잔하자~.

……?

이런 소식 들으니까
네가 제일 먼저 떠오르더라!

너도 곧 좋은 소식 있을 거야!!
네 동화는 아주아주 멋지니까!!

윈터….

가자.

책은요, 제인?

터덜

나중에….

터덜…

Winter Woods

이게
말이 돼?!

어떻게~
어떻게 걔가 출판
계약을 따내?

인정할 수 없어!!

......

거기다 뭐?
내가 제~일
먼저 떠올라?

칼

찰

누구 염장
지를 일 있나!!

아니, 델라라고
내용도 그저 그렇고
허세 가득한 느낌의 글을 쓰는
애가 있거든? 근데 걔가
출판 계약을…

짜…

향아아앙

뭔 개소리야?
알아듣게 똑바로
말해.

됐어, 듣지 마.

아냐~, 아냐~,
듣고 있어.
계속해, 계속.

278

난 점점 이렇게 구석진 곳으로 들어가고 있는데 별로라고 생각했던 애가 점점 위로 올라가니까 짜증 나.

더 짜증 나는 건 뭔지 알아?

분명 난 그 애를 겉으로나마 축하해줘야 하는데 그것마저 잘 안되는 내가 쪽팔리다는 거야!

어렸을 때부터 꿈꿔왔던 거니까 잘될 거라는 막연한 희망도 있었는데…

그래서 나 스스로가 뭔가 밝게 빛나는 느낌이었는데, 지금은….

돈도 없어서 언제나 지질하고… 내 스스로가 낡아가는 것 같아.

예전의 반짝임은 처음부터 없었던 것처럼 말이야.

제인은 빛나요.

제인은 처음 봤을 때부터 빛나고 있었어요.

으엥~?

…뭐?

그 반짝임은…

천천히 번져서,

오늘 저까지
끌어안았어요.

제인은
반짝여요,

언제나.

애가 뭔 이상한
소릴 해대고 있어~?!

…잠깐.

띡싹!

!!!!

너 얼굴
엄청 많이
밝아졌다?

뭐야,
다크서클도
없어졌고…

너 설마!

내 화이트닝
화장품 바르는 건
아니겠지?

와~,
너 눈썹도
없었어?!

다크가 얼마나
심했으면 눈썹이 없던 것도
몰랐을 수가 있지?!

……

그런 표정도
지을 줄 알아?
많이 컸네~!

원터 너도
한잔할래?

마셔 마셔~.

물꺽‥

쪼록

쪼록

푸하하~

푸흡!

푸아하

푸흡

반히~

이것 봐요,
제인.

쓰읍

뭐, 뭐야?

이잉?

무슨 소리야…?

별이 떨어져요!

이것이
눈썹의 힘인가요?

뭔가 다른 세상에
떨어진 것 같아요,
제인.

저도
빛나나요?

머리에서?
후광처럼?

어…
그, 그래….

야! 이번엔 또
어디 가려고!!

저 진상들…

저것들은
술 먹으면
안 되겠네.

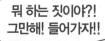

달칵‥‥

뭐야?!

스미스!!

와락↗

꺅!

저는 빛나고 있어요.
눈썹은 마법이에요!

눈썹만 있으면
스미스도 별처럼…

스미스는
눈썹이 있네요?

근데 왜
이 모양인 거죠?

봉변

뭣 때문에
이 모양인 거죠?

울컥!

이 삐━━━━━가
삐━━━━━ 하네?!

아앗~!

죄송합니다!
스미스 씨!
윈터 너, 이리 와!

〈윈터우즈〉 3권으로 이어집니다.

Winter Woods

Winter Woods

윈터우즈 2

1판 1쇄 발행 2018년 2월 23일
1판 5쇄 발행 2020년 8월 24일

글 Cosmos **그림** 반지
펴낸이 김영곤 **펴낸곳** ㈜북이십일 아르테팝
오리진사업본부 본부장 신지원
웹콘텐츠팀 이은지 홍민지 송유리 최은아 박찬양
마케팅팀 황은혜 김경은 **해외기획팀** 장수연 이윤경
영업본부 이사 안형태 **본부장** 한충희
영업팀 김한성 이광호
제작팀 이영민 권경민

출판등록 2000년 5월 6일 제406-2003-061호
주소 (우10881) 경기도 파주시 회동길 201(문발동)
대표전화 031-955-2100 **팩스** 031-955-2151 **이메일** book21@book21.co.kr

(주)북이십일 경계를 허무는 콘텐츠 리더

북이십일과 함께하는 팟캐스트 '책, 이게 뭐라고'
아르테팝 채널에서 도서 정보와 다양한 영상자료, 이벤트를 만나세요! 이벤트를 만나세요!
페이스북 facebook.com/21artepop   트위터 twitter.com/21artepop
인스타그램 instagram.com/21artepop 홈페이지 artepop.book21.com

ISBN 978-89-509-7357-5 04810
책값은 뒤표지에 있습니다.

본문 디자인 손봄코믹스